我的音樂盒

孟樊

序

一開始我還沒頭緒為自己的這第五本詩集命名。想了老半天，依然委實難以決定，苦惱不已。前幾本詩集，都在書尚未成形之前，已然先有了書名，尤其是前三本：《旅遊寫真》、《戲擬詩》、《從詩題開始》，主要是那三本詩集，在創作之初即有明確的目標，寫作的是新詩特定的文類：旅遊詩、戲擬詩、小詩。即便是處女作，在付梓之前，書名也早已定案。但為何這一冊詩集的書名竟讓我六神無主？原因無他，就是寫作之時與出版之前，迥異於前三本詩集的是，事先沒有訂下任何目的，和絕大多數詩集的出版相似：創作量夠了，可以輯成冊出版，就集結出書，再取個書名——而這也就是我這第五本詩集的由來。

在茫無頭緒為書名傷腦筋之際，左思右想，索性乾脆來個翻轉，先將詩集內各個分輯定名稱，然後再回頭來找書名。依照詩作的主題與調性，我將它們分成七輯；而第一輯名為「十二月練習曲」則是較早就了然於胸的名稱，十二個月份分別就是十二首詩；而所謂「練習曲」乃是指專門提供某樂器練習特定技巧的音樂作品，雖然「練習曲」顧名思義係為初學者的練習而做，但也有不少練習曲要求演奏者有極高的技巧，鋼琴大師蕭邦和李斯特就有好幾首這樣的作品。我的練習曲自然不在炫技（像李斯特那樣），更不敢跟楊牧的「十二星象練習曲」媲美。我只想從特定的視角來表達我對十二個月份的想像與感受。而由「練習曲」開始往下想像其他各輯名稱時，自然而然想到從音樂方面下標題，於是各輯與音樂有關的輯名便一一成形。等到各輯名稱底定之後，書名終於水到渠成，於是「我的音樂盒」便這樣出現。

收入音樂盒裡的總共有六十四首詩作，分別是：輯一「十二月練習曲」十二首、輯二「浪漫樂章」十三首、輯三「夢的小夜曲」五首、輯四「第一人稱獨唱」八首、輯五「生活組曲」十一首、輯六「創作詼諧曲」八首、輯七「主義協奏曲」七首。新詩雖然不像古詩那樣講究格律——因為如今都採自由詩形式，但仍未排除音樂性，其音樂性的表現可從斷句、迴行、停頓、疊韻、複沓、頂真……乃至反覆迴增來表達，至少我自己的詩作是從這些手法入手以求其音樂性。若自此角度觀之，則詩集名曰「音樂盒」，也不能說都無道理。

由於不像我之前的詩集那樣事先已有「定見」，因此收入本詩集裡的詩作，無論是在主題、語言、形式、手法……乃至類型等等，都顯得較為駁雜——而這也是為何詩集會被分成七輯這麼多類別的原因，比如有些詩的語言放得很鬆，且極為透明（〈我的筆名〉），明顯有寫實味；有些詩則語言濃縮、意象稠密（〈睡在一起〉），超現

實色彩厚重。有些詩沉重（〈三月〉），有些詩又非常輕盈（〈給吹鼓詩論壇開個

玩笑〉）。不過，本冊詩作一反我之前出版的詩集，收有不少抒情詩——或者更確切

地說，是情詩作品。情詩多是少艾之作，很多人初初寫詩都是自情詩入手，我也不例

外。在這冊詩集中，我特意讓年輕時（大學時代）寫的舊作曝光，而偏偏那時多是情

詩作品，是以本冊詩集有較多的情詩收錄在內。也或許因為懷舊情懷使然，竟興起寫

情詩的熱頭，人到中年——尤其這兩三年，寫起情詩來反而更能得心應手，甚至油然

而生起幸福感呢！

　至於說到詩的形式或類型，在「音樂盒」內，我特意收藏了七首散文詩，以往雖也

寫過散文詩，但只偶一為之。散文詩有跨文類的特性，其實不易寫作，因為一旦失手，

很容易就變成散文——也許是一篇好散文，但卻屬非詩一類了。在我看來，當初以散

文詩聞名的波特萊爾（Charles Baudelaire）的《巴黎的憂鬱》，比較像散文而不是詩。

散文詩多少要具備敘事功能，而敘事之多寡以及其具備的詩味厚薄（詩味往往要從其

是否具備充足的意在言外的效果來斷定），就要看詩人本身的表現功力了。我需要某

種程度的敘事性以表達我的思想，所以我選擇了散文詩來創作；若加上之前已發表與

出版的作品，也累積了十多首散文詩，儘管數量不多，但向這種跨文類的挑戰，有時

還容易激起創作的熱情哩。

譬如，〈溫暖的黑暗〉這首散文詩，就是在讀完商禽的同題詩作引發的揣想，必須藉如此的敘事始能一吐為快，並且一氣呵成。而這首詩的功成則主要來自由商禽元文本／原文本的延伸——也就是互文性（intertextuality）的形成。可以說，互文手法是我在本詩集中刻意為之的一項嘗試，在某些時候甚至有點樂此不疲，如〈夢中之夢〉、〈只剩標點符號〉、〈未來是一隻灰色海鷗〉、〈星散的天秤座〉……這些詩或引用或套用或複製或濃縮或……以達成互文效果，手法不一而足。其實我的第三本詩集《戲擬詩》，主要就是一冊「互文詩集」，只是現在收在這個音樂盒中的互文作品，更加地肆無忌憚，因為我不必只關注「戲擬」一途。

按照始揭此一「互文性」詞彙的法國文論家克里絲多娃（Julia Kristeva）的說法，所謂的互文性係指「一篇文本中交叉出現的其他文本的表述」，而事實上，任何一篇文本或多或少都吸收和轉換了別的文本；換言之，誠如索樂斯（Philippe Sollers）所說：「每一篇文本都聯繫著若干篇文本，並且對這些文本起著複讀、強調、濃縮、轉移和深化的作用。」互文性使得一個訊號系統被移至另一個系統中以形成其易位（transposition），而如此易位將產生何等光景，讓元文本／原文本轉世投胎或改頭換面？一向讓我心生好奇而樂意冒險嘗試。當然，會興起這樣的念頭，與我讀詩之餘，受到後結構主義（post-structuralism）思想的啟迪不無關係，而這又和我的書齋生活與學術生涯息息相關。

總之，我這一匣音樂盒所收錄的各式「曲子」，色彩顯得較為豐富，色調較為駁雜，語言則有緊有鬆；但無論如何，它記錄了我已近耳順之齡的創作歲月。我滿心期望下一次再有的「豐收」。

輯一 十二月練習曲

輯二／浪漫樂章

輯三／夢的小夜曲

輯四 第一人稱獨白

輯五／生活組曲

輯六／創作詠嘆曲

輯七／主義協奏曲

十二月練習曲

一月

一月一出生就體弱而多病
在遠天在近樹在塔頂在庭園
在屋簷在落地窗
在一方掛鐘滴答的牆上

有瘦瘦的面容瘦瘦的長髮
瘦瘦的胸乳瘦瘦的腰枝
還有瘦瘦的思想，以及
瘦瘦的情感

一月一出生就十三歲
那情竇初開酷似

翩躚復翩躚的細雪
落地無聲亦無息

既非煙亦非霧的
無聲無息就愛白色的羽衣
飛舞於窄仄的斗室一隅
　於千山萬水之外
於我的方寸之心
細數荏苒的歲月

一月永遠十三歲
而十三歲的年華依舊
清癯而美麗
美麗而少恨

後記：周夢蝶有〈細雪〉詩云，細雪乃上天之么女，小於梅花，一出生即十三歲，
且永遠堅拒長大。

《聯合報副刊》，二〇一七、一、三

二月

二月是
絳珠草——
這是夢蝶先生說的。

二月她每日以淚洗臉洗身洗心
洗我的煩惱，我的憂慮；
以她的圓潤飽滿，
那血豔欲滴的紅菓兒。

二月總是一身澹澹的膚色，
總是風絲絲雨絲絲的體溫，
總是不慌不忙讀我的短詩，

讀我的懺悔，
我紛紛擾擾的夢境。

那在夢境中懺悔的是，
割捨不斷的因緣；
要一輩子償還的情債，
連宇宙洪荒也無以回報，
哪堪一冊小詩集的負載？

是以我日日夜夜，
澆二月以淨水以情思以無盡藏的
我的怨憎會、愛別離七苦，
讓她茁壯，繼而削瘦，
一點，一滴，為我流淚……

可我說，二月若是絳珠草，

流下的淚是會被冷凍的啊！

《人間福報副刊》，二〇一七、二、二八

三月

三月是
黑色的雪
綠色的花
紅色的樹
藍色的月
金色的雨
Munch 的天空
加一記悶響的雷鳴

三月的
閃電不閃
彩虹不虹

白晝不白
黃昏不黃
黑夜不黑

人哪
嬰孩不哭
婦人不仁
老漢不老
小偷不偷
強盜不強
釣者不釣
歌王不歌

然後　三月的
寂寞是無邊的廣大
喧囂是極致的孤獨

快樂是另一種哀傷
憂鬱在馬拉松慢跑
而精神官能症則是
偉大又渺小

渺小仍然是渺小
叫冬天缺手缺腳
而春日才開始長大
一吋一吋長大

《創世紀詩雜誌》第一九二期，二〇一七、九

四月

四月是——
簡單的一個英文單字：
Ａ是司日光之神的蒞臨；
Ｐ是詩的辭藻令人雀躍；
Ｒ是恣情逸樂的季節；
Ｉ則是富於想像的生命；
Ｌ就是自由，最純粹的自由。

啊！四月乃阿波羅之神
以詩放縱他
充滿想像的自由……

《野薑花詩集季刊》第二三期，二〇一七、十二

五月

五月，下著冬雨
而季節顯得有點古典
黃昏與我對面而坐
她的臉上無一絲緋彩
只見兩行清淚
閃著憂鬱的靈光
滑落我毛玻璃的窗
在心中打著點點滴滴的
問號

花兒萎落了
濡溼的地上散成一片

一片揉著昨夕殘留的
碎碎的，猶有餘香的
夢囈，夢囈
是睡中不經意間
說溜了嘴的
始終說不出口的話
很簡短的
像地上碎碎的
碎碎的落花

被一個陌生的女孩
輕輕的踩過

後記：本詩原作寫於大學時代，多年後再經潤飾，以題為〈五月冬雨〉在中南部一家報紙副刊發表，當時因未隨手註記發表報刊與日期，今已不復可考。

收入《蘭亭 2.0》（http://orchid.shu.edu.tw）〈當代文學館〉與〈蘭亭字典〉

六月

六月花團錦簇：
蜀葵，夏鵑
曇花，蘭花，
金橘花，石榴花，茉莉花，
鳳仙花，八仙花，牽牛花，
鳳尾蘭，美人蕉，
仙人掌，芍藥，以及
南非凌霄，倒掛金鐘，
滿園花開萬紫千紅。

咦，我的荷花呢？
回頭一池湖水田田：

陸龜蒙，王昌齡，
白居易，李白，
李商隱，鄭谷，
楊萬里，賀鑄，
蔣捷，周邦彥，
還有蘇軾，
通通在荷花池裡吟詩作對。

如何吟詩作對？
哈，荷花是女人花一枝，
以芙蕖出水之姿颭晚霞；
而晚霞是伊的晚妝淡容。
在煞煞的夏風中，
帶點濕涼的溫度，
帶點神話的氣息，

帶點膜拜的意味，
像操琴的神女髣髴依稀；
更似浮水的觀音，
隱身於千紅萬紫中，
幽幽地引我向她走來，
走過一整個多情的六月——

《人間福報副刊》，二〇一七、七、十二

七月

七月，只有七個夜晚
輕盈的夜晚是沉重的
地心引力，往星空墜落

七個夜晚像七隻喜鵲
喜鵲是東方的天使
祂們潔白的羽翼
鼓動的是一年一度的慾望

是的，七隻喜鵲是七個慾望
而慾望像濕淋淋的銀河
妳的輕顫我的呼與吸

以連體嬰之姿裸泳於
上蒼深湛之河水
髣髴女兒紅相邀醉

七個欲醉的欲望
是流星之火
是火母殷殷之企盼
是水深也是火熱到極點
在赤道的上空
畢竟我們七度重逢

畢竟我們是亟待觀音
淨化的琉璃之身
想望那持瓶童子的
一滴淨水，一絲莞爾

一絲微笑才是喜鵲
展開的翅膀挾三昧真火來
來的是七月是流火
流火是——
我的牛郎，妳的織女
我們仍舊要快活……

《聯合報副刊》，二〇一七、七、二〇

八月

什麼都沒留下
八月
沒有冰冷的廣寒宮
沒有嫦娥的低喁
沒有吳剛伐桂
沒有玉兔搗藥
也沒有月餅和神話

沒有竟夕起相思
沒有碧海青天夜夜心
沒有寒雨瀟瀟不可聞
也沒有光彩露沾濕

沒有
沒有蘇軾的
千里共嬋娟

沒有了
中國的想像
八月
你什麼都不留
只留下美國人
Armstrong 的一個
腳印

《人間福報副刊》，二〇一七、八、十七

九月

香冷金猊被翻紅浪
九月是吹簫的季節
是虞美人生病的秋天
也是我的俄國藍貓
開始咳嗽的秋天

九月最遠
只走到北緯二十三度半
在落日鎔金暮雲合璧的初秋
妳是一株漸凋的出水芙蓉
不冷不熱的體溫描繪出
一幅非干病酒的仕女畫

而這工筆畫的最後一筆
是處女座上昇的秋天
秋天不因少事而
朝蒼穹抹上一臉
很土耳其藍的顏色
只瞧見丙申年的
千日紅滿地咯血

咳，咳，九月
為何九月一開始
就如此這般 effeminacy ？
讓日上簾鉤再讀
一遍長短句

在妳溫婉的亞熱帶體內

九月終究是多事之秋

《創世紀詩雜誌》第一九一期，二〇一七、六

十月

然而，來到了十月。
十月的天空
很羅門，也有些些白萩。
海很洛夫也很張默；
而雲的港口
便給了鄭愁予小小的島。

然而，這十月的鄉愁，
就等余光中，在雨中；
在雨中寫的詩則是
很葉珊，而詩裡的
風景有點梅新，

且那般漸層的
是林亨泰的二號風景。

然而十月，十月已經沒有
楊喚的童話，只有方思的
豎琴與長笛，像那不繫之舟
有些許林泠，既令人朵思，
更讓人辛鬱。

而如果十月是女性的，
那麼就是那雙——
彈奏維納麗莎組曲的手，
撥動那傷感微微的水紋，
很蓉子也很敻虹呵……

然而在寶島，還有很秀喜，
很慕蓉，很馮青。

是的，十月既母親又姊妹
也很火辣像艾琳哪！
是的，十月絕不能缺少女詩人。

然而，不缺女詩人的台灣，
十月是不許太愛國的。
若只許閒愁向明，
那麼只好借用向陽的十行，
來燒這一鍋百味雜陳
詩的暖爐。

《文訊雜誌》第三七六期，二〇一七、二

十一月

十一月是一條狹長的衚衕。我走了四十年，還沒走完。

在這冷清又帶點喧鬧的衚衕，我想像現代派詩人般逢上一位有著丁香味的姑娘，她撐著一把油紙傘……。走過五年佝僂的門牆，裡面傳出一陣陣嬰兒的嚎啕，哭向遠遠的前頭。拐個彎十年，有鞭炮聲打鼓擊出喜氣洋洋，有戶人家新娶媳婦正踏入門楣，庭院的鞦韆架上喜鵲啾啾。

再舉步，十五個寒冬，沉痛的咳嗽聲將病榻上的棉被疊成肺炎平躺的高度，有發燒的體溫擦身而過，不經意迎面撞上癩痢頭的小崽子，後頭傳來老媽子盛怒的叫罵聲，青春一溜煙不翼而飛。

此時悠悠風吹來，一方矮牆內緩緩送出三弦的琴音，一個老頭抱頭蹲在斑駁的門前不聲不響，有五年。我一發聲寒暄，沙啞的喉嚨一下子又老了五年。不遠處，衚衕的盡頭有株梧桐，用他的老態龍鍾朝我招手；遲疑間，路口旁貼著慈制的一間四合院，哭喪著臉，哀痛逾恆。

然而，我始終沒遇著那位丁香味的姑娘。一回頭，反倒是悲多芬的第五號把我驚醒：

十二月尚未出生，我仍然走在十一月的路上……

《野薑花詩集季刊》第十九期，二〇一六、十二

十二月

十二月的黃昏
只有那麼一吋

這一丁點大的黃昏
只生出一吋的靈感
靈感生出一吋的愁緒
愁緒生出一吋的落寞
落寞啊，連你抖落的文字
都這麼羸弱，令人心痛

但心痛卻也只那麼一吋
這一吋比不上心遠地自偏

那種豁達的人生哲學
是了，連陶淵明的桃花源
現在也就僅剩一吋

就在十二月，這欲雪未雪的
心思輾轉反側
竟是小樓昨夕又寒風
呃，錯！錯！錯！昨日是
冷颼颼的黃昏

而黃昏那一吋
最終乃將曇花一現的綠光
也給吞食了……

《人間福報副刊》，二〇一六、十二、七

後日漫樂章

PS．我愛你

PS．：
以上附在信末
今晚寫給妳的十四行，
有些溫柔的意象沉沉地睡著了，
來不及輕呼我的寶貝。
有些在半睡半醒之間，
它們將在明天的清晨
搖落白千層第一聲鳥鳴。
還有一些，妳可能錯愕難解，
那可是我偷偷塞進的神賜的奧義。
然而，像獨木舟滑入叢生的蘆葦湖心
卻跟著我一起失眠了：

譬如，飽滿濡濕的雙乳；
譬如，那玫瑰色的肌膚；
譬如，拖曳芳馨一縷的長髮；
又譬如那浪漫主義的火熱、
象徵主義的迷濛；譬如……
這些黏稠的意象
鎖住了我們一室的月光。

呵，是月光探進頭來
給了我一道啞謎——
猜想明晨妳何時醒來，
可不可以讓我把那些多餘的句子
再塞入妳的睡眠裡？
妳得記住先前咕咕鐘的十二響，
那帶點土耳其藍的鐘聲，

躡手躡腳將我輕喚的暱稱
很小心地給偷渡入境；
而只有夢境才有
最堅強的守衛，
最柔軟的語言。

唯恐不聽話的時間很容易曲折，
可別忘記這首詩很難下筆，
從秋冬寫到春夏，妳可要好好收藏，
在每一次午夜夢迴時。

《聯合報副刊》，二〇一六、一、十五

散步

我們散步到
羅智成的短詩裡。
她說就讓我們——
在觀音身上滑雪好麼？
因為詩裡的每顆星星
都大雪紛飛呢！

不，我們應該在大屯看雲，
聆聽他指揮眾樹歌唱，
和全世界的詩人魔法師佈道家
分享一場視覺的演奏會。
我說是我們走錯到他另一首

較少被人誦讀的散文詩裡啊！

那本詩集的封面太黑暗，
連柴可夫斯基的音樂都這麼說。
那文字負面又脆弱，
在偉大走下坡的時候，
詩的阡陌太令人眼花撩亂了……

《秋水詩刊》第一五五期，二〇一二、一〇

讀經

我翻開新約的福音書默唸了一段
天使的腳尖正好停佇在八點一刻
腦海裡想說而說不出的話語
載浮載沉像不知名的遠處教堂
傳來的晚禱既低吟又綿長
那聲響以出位的想像
用兩百年前的古敘事體
再度翻轉星幕的另一面
噢，這一頁並非嬌嫩的旭陽
攤開來織就的一張錦繡
耳畔細細颳起的是一陣清翠的風聲
巷口的一隻懶洋洋的松鼠竟然踩著它

躍上小學旁牆角邊的尤加利樹
把初春的訊息拋到我開窗的書房
隨著我緘默的讀經聲朗朗上口
那時斜射進屋的日光偏巧
打在叫早的鬧鐘上，然而我的天使
留下的腳步已杳然無蹤了

《聯合報副刊》，二〇一二、八、九
《美國世界日報副刊》，二〇一二、九、四

白露為霜

從詩經緩緩溯游進入夢鄉……
我是蒹葭一女子，

在民國醒來還頻頻回首
這剪不斷理還亂的篇章。

唉，白露都成霜了——
竟是那位現代詩人太自作多情！

《乾坤詩刊》第七〇期，二〇一四、四

紅豆吟

春天正是痛苦的開始
而我的痛苦是沒有上限的額度

我沒有可供伸展的四肢
甚至缺乏聞香的嗅覺
然而靈敏的想像
像海浪波波襲來
撞擊你消逝的歌聲

那歌聲有一種求愛的節慶
在心中雀躍地開場
時間是永恆的緋紅

連思緒也一樣馥郁
從你的形貌一一甦醒

我的體內卻接二連三下雨
透明的雨滴是把悠遠的大提琴
將遠天流浪的浮雲
彈奏成連篇的情詩
隨著無聲的溪流
流進你如海的眸光裡

那眸光烙印著我孤子的靈魂
說不出的是感官的悸動
且連悸動也驚悸成胭脂紅了
然而　我的春天卻尚未來臨

《人間福報副刊》，二〇一五、一、十二

再吟紅豆詩

我依舊在水一方
可人的蘆葦搖曳著
溪洲潺潺的氤氳輾轉
流來夏蟬悠長的鳴聲
「紅豆生南國」
終於把我從摩詰的詩篇裡
喚回這一丁點情思

這一丁點情思
來自遙遠南方的國度
等到春天就要和百花爭艷
飽滿我周身靈敏的感官

當眼眸翻開那緋紅的詩句
赫然發現「春來發幾枝」
讓視覺聽覺與嗅覺彼此去撞擊
妳一再的沉默

是誰弔唁我的哀傷？
我的腦海內此刻
正舉行一場迷茫的葬禮
只見起風的秋日
糾纏著白頭的芒草
如何「願君多采擷」？
那是另外我們不能卒讀的往事

如果晶瑩的細雪下在我
這些零亂不堪的思緒
冬日午夜思妳

說多年前遺贈的紅豆
「此物最相思」
唉，只堪成為——
此生無法磨滅的標本

收入岩上主編，《紅豆愛染：2012台灣工藝節新詩作品集》，二〇一二、十一

風景照

湍急的瀑布
一瀉千里
突然將時光凍結
更把我少時的驚嘆
給牢牢掐住

掐住的原來是
相片裡那一綹
喚不回的青春

未來是一隻灰色海鷗

——寄給普拉絲的信

在寒冬我將妳的十四行詩
拆解，只聽到星球傲慢的回聲
遮蔽了滾燙的陽光
妳召喚撒旦直到所有的鐘都停止擺盪
那是末兩行以詩歌施行的巫術
連創傷也不給結痂
然後再前四行在廣角鏡頭
逆光中出現的蛇如尖塔
匍匐於舊約的伊甸園裡
烙下妳為闇黑的他創製的火焰形象
啊！火焰形象的上一段
已把上帝光亮的照片變作陰影

遮蔽的正是妳在晌午布置的美好字句
如此奚落，又這般乾淨
但潔白的天使哪裡去了？
在首四行暗室的一隅有月蝕的光
快門按不下祂們的明亮
攝下的卻是我為妳寫的瘋狂
我寫妳的憂思寫妳的伊底帕斯
寫妳的青春妳的才情
寫妳的哀歌妳的死亡之舞
妳憤怒的琴聲不安的繆斯
妳在冬天醒來的詩，說
未來是一隻灰色海鷗……

後記：美國自白派詩人希薇亞．普拉絲（Sylvia Plath，1932-1963）有一首十四行詩〈致撒旦：十四行詩〉，收入由英國桂冠詩人泰德．休斯（Ted

Hughes）為之編輯的詩集（Collected Poems）中。

《野薑花詩集季刊》第十六期，二〇一六、三

重讀少作

隨手翻閱未曾曝光的詩作
一一封存於陰暗的時光膠囊裡
用字舛誤疏漏，意象失準乃至陳腐
左瞧右看，來回逡巡
那是我蠢動留下青澀的
痕跡，泛黃在夜空下
羽化成星光點點飛翔

翱翔在 A 女郎那漫步翩翩
「靜謐中吹來春暖秋涼的氣息」
「與我同化為無形
遺下一尾長長的刪節號」

但那說溜嘴的
始終說不出口的話
卻被另一位 B 女郎
「輕輕地踩過」
「像地上碎碎的
碎碎的落花」

我真有憂傷不能歌嗎 ?
「那一季的信箋叫我流連
溜躂在妳的舞衣下
尋覓三月裡仍舊聆聽的音籟
在五線譜上抓住失音的樂符」
這可是回給少女 C 的答書
令人一夜無法成眠的意象

而流連在一封封拆了又糊上

密密麻麻的思念
像夜鶯那神秘帶點悲戚的吟誦：
「當你正傾洩你的心懷
發出這般的狂喜
你仍將歌唱，但我耳朵已然徒勞
你高亢的輓歌成了草皮一堆」
唉，在詩思裡我用盡了言辭
只求來——「在最清澄的路上
妳是唯一的美」

是的，妳們是唯一的美
就這般將時光凍結
在我年少手寫的情詩裡
手心依然留下數不盡的
…………

《乾坤詩刊》第七三期，二〇一五、一
選入蕭蕭主編，《二〇一五台灣詩選》

在眼瞳裡居住

住在她眼瞳裡的一刻
恍惚看到滿天星斗的我
抿嘴沉思如何化身
於仙女座旁一雙閃爍的眼睛
每晚喫幾個驚嘆號

她翩翩漫步於敻遼的時空
綻放啟蒙的光芒
反省我古代的愚騃
在天橋擺渡的津口
她同雲彩朵朵飛舞在夜幕
靜謐中吹來春暖秋涼的氣息

住在她眼瞳裡的不僅一世
細長的睫毛也不只一連串
問號之外還有括號
我的凝睇中聞見
她眸光傳來的清響
飄向星垂的宇宙一方
與我同化為無形
遺下一尾長長的刪節號……

後記：大學時代未發表少作，字句曾稍作潤飾。

《中華日報副刊》，二〇〇五、一、二九

女孩

雨停
郵差捎來一封信
將發霉的心情攤開
昨夕風雨來訪　不走

朱唇薄薄的夜
一句話
對窗成半透明

後記：大學時代未發表少作。

《乾坤詩刊》第七〇期，二〇一四、四

秋涼小憩

邀李白來
陪我坐一個下午
窗外風涼
讀李詩最能醫治
流行性感冒

碰著換季時節
容易染上蕭蕭的老毛病
所以視線格外脆弱
兩三行還是那句
瘦瘦的意思
連愛情也不中用了

畢竟盛唐太遙遠
而李白一度大醉
我無力捧起
只讓那詩句
一字一字入我眼簾來
再次酩酊於多病的
秋天

陽光已懶懶地趴到腳下
忽有雛菊一朵，掉在酒盅裡
猛一抬頭

遠天
有白雲蒼狗在風中閒走

後記：大學時代少作重刊。

《人間福報副刊》，二〇一六、一〇、六

夜的呢喃

又是剛入夜，我吻著溫冷的月光
卿卿，喘息恰如淡綠色的季節
我們聆聽慵懶的黃昏
彳亍走來的步伐
驚醒了喑啞的木魚聲
勾起妳滿頰的驚嘆號
像那正幕啟的仲夏夜之夢
我們嚼著一粒一粒的苦松子

而亮晶晶呀妳的薄唇
給點綴了痲臉的銀河
溫潤著露珠串成的往事

卿卿，假如——
我們也像含羞草那般矜持
滴水如何石穿？

卿卿，星夜如流
岑靜如此彷彿一對可人兒
歡喜深更裡小小底酒窩
那陌然的牽動
就逼我迴溺於紡織娘低沉的音樂吧

卿卿，妳切莫不言不語
假如詩能入半夜，那麼
請用一束天堂鳥的花香
將我埋葬……

後記：大學時代未發表少作，字句曾稍加潤飾。

《兩岸詩》第二期，二〇一六、七

愛的小夜曲

夢的大廈

我終於游進一幢夢的大廈
翻來覆去……

第一層與燈下讀書的廢名
相晤一室，他寂寞我不讀他
濃厚的睡意送我到第二層
駛向斯培西阿海灣
摘下航程最後的信號
那是雪萊翻湧的詩句
載浮載沉航行至第三層
發現在韓波的醉舟上醒來
隨波盪漾，目中無人

晃蕩之間來到第四層的櫻花樹下
巧遇小林一茶沏出
俳句的香味一壺
循著撲鼻的芳馨，最後
闖入第五層，原來桃花盛開
樂陶陶的是人跡罕至的
山村雞犬不聞

於是，下筆之前
我的夢全面啟動——

註：1.廢名（1901-1967）有〈燈〉一詩，第二段第二行借用他的詩語。
2.浪漫派詩人雪萊（1792-1822）溺斃於斯培西阿海灣。
3.象徵派詩人韓波（1854-1891）以〈醉舟〉一詩聞名，睥睨於當時法國詩壇，不可一世。

4.小林一茶（1763-1827）是繼日本俳聖松尾芭蕉後最重要的俳句詩人。

《聯合報副刊》，二〇一二、二、十三

夢中之夢

週二下午三點一刻，《擲地無聲書》的作者電告《時代副刊》新闢「繆思解放區」，請為之賜稿一篇，題曰「老人的聯想」，時在歐下卡夫卡的《蛻變》後兩日。翌日凌晨三點請出私藏甚久的繆思，乘著蕭邦的翅膀繞匝三周，刷刷筆聲中，竟沉沉陷進夢裡。

一九九一年四月十日午夜，雨歇天涼，已屆耳順年紀的我趴在尚未脫稿的六百字稿紙上昏然醒來。桌旁一角妻沏好的龍井餘溫已盡，從窗遠眺，幾百公尺遠的山腰上，似有七號公墓的磷光閃爍幾點，接續未竟之文，趕在明天晚報下班截稿前傳真。

最近幾年或因年老色衰，漸有力不從心之感。眼見入睡擱筆之前最後的句子——晚境的心情如同童穉之心，返璞歸真；如同輪迴，不見淒涼。思緒亂竄已難成篇：輕微的高血壓；鎮靜劑少服；注意膽固醇過多；性愛次數銳減；固執；健忘；成人紙尿褲；資深國代；銀髮族時代來臨；頭銜加起來五個半；早安晨跑或者打太極拳健身；安樂椅；童山濯濯；一〇一；新公園老火車頭；台北迪化街；OLDSMOBILE Cutlas Ciera Ⅰ；《創世紀》和《藍星》詩刊；老花眼鏡……一種賡續不斷有關老年的自由聯想方式油然而生，彷若此刻趕稿到頭昏眼花的我，霎那間成了這些難以補綴的意象組合而來的怪獸，在密密麻麻的稿紙上張牙舞爪。初春的晚風從窗櫺偷偷溜進書室，再順勢滑入老獸我的夢境裡。夢境外臥室那頭，妻依稀扭亮了檯燈，沉沉睡去的是髮已禿的我。

昨夜留下來過夜的女友進房來換一杯熱茶的同時，正值而立之年的我茶然醒來，呷了口溫煖，赫然發覺輕微的高血壓、鎮靜劑、《創世紀》和《藍星》詩刊等一大串後現代拼湊的無聊詩句，題曰「老人的聯想」，拼命擠滿一頁六百字的方格裡。文後註明日期是一九九一年四月十日。臥室柔和的橙色燈暈轉弱，想到今早上班後可如期交稿，睡意便告再次來襲。

魚肚白的天色中我從夢中驚醒，宛如做了一場年輕三十歲的夢，才憶起周二下午三點一刻，《擲地無聲書》的作者電告《時代副刊》新闢「繆思解放區」，請為之賜稿一篇，題曰「老人的聯想」，時在歇下卡夫卡的《蛻變》後。

《吹鼓吹詩論壇》第三〇號，二〇一七、九

我的夢

我的夢
有著女性婀娜的體態
有著長髮飄逸拖一縷芳馨
帶著她的后冠
將紫羅蘭色的晨曦
拿來妝飾我的心扉

她的雙乳飽滿而濡濕
如出生嬰兒的潔白
來自異邦沁人的香氣
築巢在我緊掩的心底
和我講述遠古的神話

那迷人眩惑遙遠的森森邊陲

她引出牧童的歌唱
在夐遼的星海中
起一座詩神的聖殿
傾注了我半生的想像
敏銳多愁而且感官神經纖細
是那戴奧尼索斯的迷醉
先是塗滿浪漫主義的火熱
繼而是象徵主義的迷濛
帶點神祕不可解的冷冷色彩

我這夢的曼妙女郎
穿梭我心靈的籬圍
以她的乳香
以她玫瑰色的肌膚

以她優雅的維納斯的線條
在黑夜的最深處地帶
織就了一張銀晶晶的網罟
佈滿密密麻麻的詩句

她每晚就睡在這裡面
我這位患著官能症最最親密的妻

《聯合報副刊》，二〇一四、四、一〇
選入陳義芝主編，《2014 台灣詩選》

睡在一起

——致布勒東

她的髮絲像風信子飛揚
是一襲瀑布開花在黑森林
有精靈在黑森林的心臟溜滑梯
她的臉龐像薑餅屋鬼影幢幢
散發些許嗆鼻的泰國榴槤
泰國榴槤的仲夏思想像她的耳朵
她的耳朵有一半彌勒佛的長度
飽滿肥沃簡直如中國東北的松遼平原
展開的翅膀酷似維多利亞女王的耳墜
她的眼睛是痙弦豢養的女伶
那兩顆杏仁瞳是鑲白銀的綠松石
她的鼻子如鷹鷲啄啄嘴

不黏不膩又滑又脫喃喃自語
是她的嘴巴像伊甸園一條蛇語
舌燦蓮花不觀音不瑪麗亞也不
她媽的瑪麗蓮夢露開口便是鷹飛草長
她的頸項則讓我想到米拉堡橋一座
阿保里奈爾對著逝去的愛情流水悠悠
她的雙乳是白桃扇仙人掌
是紅薔薇是黑牡丹是紫丁香
她的肌膚是發光的和闐玉在床前明月光
而葡萄美酒夜光杯幾盃黃湯下肚
而賽雪逾千而猶賽王昭君
她的肚臍是中世紀天使長的小眼
波提切利給維納斯誕生描繪的貝殼
像她的臀部臀部啊就是屁股
像一尾自游自在的美人魚在沙灘上
曬日光浴曬她的臀部又軟又滑又Ｑ

像啃士林夜市豪大大雞排
一樣嚼它一大口地那麼爽
她的手臂手腕冰涼如珠穆朗瑪峰
不可褻玩只可吟詩作對跟現代對幹
她的手掌是桔黃海星是藍色珊瑚
她的手指則是章魚八爪是水中搖曳的菖蒲
她的腳像低音大提琴只給 Sueskind 照鏡
還有她的私處像幽森的月宮寶盒
像梵谷的油畫顏料
像羅丹雕出青銅時代的吻
啊她的私處像萊茵河上的女妖
高吭的詠嘆調讓我的夢想泅游在
那黑森林開花的瀑布裡滅頂

她是我夜夜睡在一起的妻

《吹鼓吹詩論壇》第十八號，二〇一四、三

一整個月無夢

在秋分的整整一個月，竟然夢不到任何一個夢……。

原先只是自我安慰：我不過捕捉不到那隻翩翩然的蝴蝶而已！而且平日的我幾乎無夜不夢，甚至在我的詩裡，動不動就昏睡，因為夢是詩人的原鄉，一頭栽進去了，便不想再走出來。於是，我的夢便有一千個一萬個……。

一千個夢一萬個夢，是座迷宮樣的森林，身陷在最深的部位，連鷹的翅膀也飛不出去，夢的邊界有最雄壯的守衛。而在夢的出境證被註銷的當下，泅游在夢的大廈裡，我遂日日夜夜向一層又一層的夢境全面啟動那夢中之夢：夢的第一層，與上世紀三〇年代詩人相晤一室共讀書；第二層索性摘下英國浪漫派詩人膾炙人口的詩句；第三層則買醉在法國象徵派詩人的小舟上一同徜徉；深入了第四層，來到櫻花樹下品飲日本俳句詩人一壺撲鼻的茶香；再至第五層，竟然是雞犬不聞桃花盛開的山村，有種豆南山下詩人的輕吟……。

然而，是的，這整整一個月，我那些無數的夢則像遇到瘟神似地，一個接著一個染病，消瘦，枯萎，甚至死亡。我沒得再優游，夢已成無水的沙漠。待我重新翻閱處女詩集，始驚覺我已被宣告喪失夢的戶籍，裁決放逐在外，限期不定……。

原來我曾故意向自己毀謗說：「載著我夜間飛行／我的詩／是毋須睡眠的」只有白日夢才能寫詩？斯乃詐欺行為也！而我的夢就這樣一去不回頭。這個月分，我也就成了詩的拒絕往來戶……。

《文訊雜誌》第三八二期，二〇一七、八

第一人稱獨場

我的筆名

我的筆名有一個
俗濫的前世——
來自一封北台灣的高二女生
手書潔白的信箋飛過千山萬水
冉冉飄到竹園岡我讀書的案前（註）

她以無敵的青春為我命名：
說我愛作
夢又平平
凡凡

再平凡不過的我卻出其不意

來個後現代的創舉
趕緊翻遍字典找出另一張
同音異字的身分證

從此我的身體
　我的靈魂
不僅改頭而且換面
終於投胎轉世為
孟
樊

註：竹園岡，以前台南一中的別稱。

《笠詩刊》第二八八期，二〇一二、四

寫詩的豬手

我這豬寫了五本詩集的手
一點都不閒。
你別再說我豬頭豬腦了！

《吹鼓吹詩論壇》第二四號，二〇一六、三

天秤座

左邊再疊上一磅的感情
右端還少半斤的思想
就有點搖搖欲墜了

我這只意志的天平
始終忽高忽低
在半夢半醒之間
丈量我日與夜的
光陰

《聯合報副刊》，二〇一七、一、三〇

星散的天秤座

疊
再 上 一 磅的
左邊
半 感 思
少 斤 的 情
還 想
右端
欲
就 點 搖搖 墜
有 了
我 這 意志 天 平
只 的
始 終 忽高 忽 低
在 半 夢半 醒 之 間
日 的
量 我 夜
丈
與
光陰

撕破臉

——用蘇紹連《隱形或者變形》韻

三更半夜在書房，一尊滴水白玉觀音把我的睡眠從水深之處喚醒。她說我這張臭皮囊被霾害太久了，又滿佈歲月的皺紋，皮膚像滾動十年破舊的輪胎，福壽酒似的顏色一點都不新鮮。她說我必須改頭換面。

然後她把正襟危坐的我的臉皮撕掉一張，把它重疊貼在米白牆上原先我掛著的一幅自畫像，說這樣好看多了，雖然魚尾紋和法令紋宛如刀割。但左看右看卻不大像我。接著她再撕掉我一張臉，帶點憂鬱的神色覆貼在上一張上面。突然我回過神，照進來的月光拉著我喊痛。

她說還得再撕一張臉，在我喊疼之餘。這張臉毋須戴眼鏡就可以看清周遭的一切，而且長得方方正正，輪廓清清楚楚。我自己也瞧得發呆了，忘記歲月在臉上鑿刻的痛楚。

可她最後卻一張一張地貼回我的臉……我低頭終於忍不住掉下了眼淚。她只丟下一句話：「你還是不能不要臉！」等我抬頭，滴水觀音就著月光在自畫像下正在收集我一滴一滴的淚水。

《吹鼓吹詩論壇》第二五號，二〇一六、六

溫暖的黑暗

——用商禽韻

夜半，月光福壽酒似地躡手躡腳從半開的窗牖進來房內，無意之間為我點燃一芯燭火。

忽明忽暗的燭火用雙手梳理她的秀髮，唱起一組烈焰般的歌曲。起初是壓抑的歌聲，繼而溫婉柔滑，旋即清澈嘹亮……旁白著一幕一幕的畫面，我就這樣看見那消逝的年華。

五十歲，我已穿越一株斷葦在池塘投影的三角之寧靜。四十歲，目眩於一塘盛開的淡紫色水葫蘆花。三十歲，誠心把一位女子催眠為流質。二十歲，聲響是一隻受驚的鳥從熱鍋中飛起。十歲，棒棒糖在逐漸融化的加農砲管上閃閃發光……

明滅不斷的火光一一再現，直到最初的畫面——那極其溫暖的黑暗。啊！母親，您的初生之犢。

《吹鼓吹詩論壇》第二七號，二〇一六、十二

日以繼夜

沉眠許久了，白晝，我的身體悠悠然甦醒，舒伸懶腰，先把色彩絢爛的衣服脫個精光。然後，再從這副臭皮囊開始抽取：我的喜樂，我的憤怒，我的傷痛，我的哀戚……還有我的敏感，慾望，思想，以及我的愛，我的恨。這些房客住在身體裡，以各種樂器有時是獨奏或者協奏，甚至來個交響樂演奏。我常不由自主地要聆聽它們輪流演出的音樂會。這回原本不聽使喚的身體終於做起自己，全部都將之掏空了。

完成這一浩大的重建工程，疲憊的身體卻又再度入睡了。

我的靈魂則在夜半翻轉醒來，又回到已經出脫的身體，先給它架起畫布，繼之開始塗抹，先是一筆愛麗絲藍，接著是普魯士藍，然後是孔雀綠，祖母綠，以及月光黃，玫瑰紅，骨董白……極盡五顏六色之調配。只不知這是第幾回作畫了。

春去春又來，音樂繼續演奏，彩筆依然作畫；而我的身體老了，靈魂也跟著老了。只有日以繼夜的時光永遠不老。

在谷歌

在谷歌茫茫的字海中
用我滾動的滑鼠做餌
海釣起的竟是——
一
望
無
垠
的
□

《煉詩刊》創刊號，二〇一四、十一

生活組曲

在芝加哥

第一趟到芝加哥旅遊，詩集的扉頁上記載的時間是我廿歲。正當秋天的那時，所有的美麗都被電解，放蕩的芝加哥城僅僅膠黏著煤油。我瞧見黃昏在煙囪與煙囪之間像膽小的天使撲翅逡巡。於是，我跟著年輕的詩人獨個兒吹著口哨，去找尋一隻昏眩於煤屑中的蝴蝶；他說，是的，在芝加哥唯蝴蝶不是鋼鐵！那牠是何物？當汽笛響著狼狽的腔兒，我聽到一則預言：「在芝加哥我們將按鈕寫詩」在公園的人造松下。

然後是十年後第二次我又來到芝加哥。詩人告訴我說你太邪惡，兇手逍遙法外再去行兇；說你太卑劣，女人濃妝豔抹在煤氣燈下勾引涉世未深的鄉下草包；說你太殘酷，在幼童和婦女臉上可以見到飢餓肆虐的烙印。你暴躁、魁梧、喧鬧，有著一付寬肩膀，在那些矮小孱弱的城市中，是個高大的拳擊手，兇狠宛如一隻惡犬。只因他歌頌你是豬屠夫、工具匠、小麥儲存者、鐵路運輸家，以及是全國貨物的轉運人。

最後一回，四十五歲的我開車進入了芝加哥。終於我從文本走進城市來，霎那間迷航在密西根湖畔的大道上，遍尋不著已不逾矩的詩人那張二十多年前的導覽圖。轉入壯麗大道卻不見深淵裡的鐵路橋，只見Michigan Avenue Bridge伸出桑德堡的鐵臂，露齒來個大大的擁抱。在誕生也晚於詩人作品的Marina City Building，彷彿仍有一則方程式藏在玉米型圓滾滾的身軀裡，至此我的心遂還原為一支李察吉爾的引吭高歌——你的聲名狼藉讓感官血脈賁張。

原來芝加哥壓根兒不在痙弦的地圖上，他依循的步伐是美國詩人的舊作。而我就這樣跟著迷路了——在我按鈕寫下芝加哥這首詩的當下。

《創世紀詩雜誌》第一八七期，二〇一六、六

我來到金城鎮

就著淡青色的月光
我來到了金城鎮
以散文詩的步伐
　抒情詩的速度
風獅爺開口大笑在官路邊
有鈴鐺自胸前浮雕迴響
聲聲傳入夢中的坑道
在翟山

是啊！在翟山石室早已死亡
八二三的影像被蒙太奇為砲彈鋼刀
刀起刀落的是一道道味蕾的禮讚

在模範街的情調餐廳和你耳熱酒酣
只想從高粱風味餐中向星空飛翔

自記憶中斑駁的郵票我飛翔
一張八毛的莒光樓
接通了小學童稚的時光隧道
宛如老街一間間書院寺廟和古厝
把光陰留住又將之推前到
連現代詩人偶遊至此
也得作對吟詩的洋樓

來水頭小湖以詩仙撈月
撈月而得月的洋樓
把巍峨的碉堡都寫入了歷史
而歷史總是輝煌的
當他從南洋把一片落葉帶回家鄉

即使再次響起馬蹄的達達
那也不是浪子錯誤的酒香
是暮靄中歸人的船隻
以拙樸的詩行
將金色的城鎮一盞一盞點亮了……

收入方群、顏艾琳主編，《以風雕塑：金門詩選（風景卷）》，二〇一四、十一

二〇一四年九月

秋日原來是一隻
蟄伏甚久的老虎
逐年伺機而動

一俟天怒人怨的當兒
牠猛地發出的怒吼
把島嶼上的住民
燒得汗流浹背

最後
連向來爽口的油脂味
也一併餿掉了

後記：二〇一四年九月初，台灣曾爆發餿水油食安事件。

《笠詩刊》第三〇四期，二〇一四、十二

台北最佳旅遊指南

我攤開了台北市地圖
先把一〇一塗掉
再把世貿中心塗掉
國父紀念館塗掉
SOGO 塗掉
誠品敦南店塗掉
帝寶塗掉

接著是
光華商場
整條凱達格蘭大道以及
士林夜市

還有鄰近的官邸
統統刪掉
最後回來將
中正紀念堂也一併抹消

這是張——
純粹的都市風情畫
背包客最佳的旅行指南
陪你走在寂寞的星球
連螞蟻也微笑

《自由時報副刊》，二〇一六、一、十七

台北街道掃描

交通問題

都市詩人留給我的
衛星導航
讓二十年後的我
竟然在後現代的街道中
迷路

東區

・忠孝東路
髣髴回到盛唐的年代

豈能不紙醉也不金迷？

．仁愛路
好個林蔭大道
只通向帝王居住的城堡

西區

．凱達格蘭大道
最短的一條路
用盡吃奶力才能跑完

．中山南路
直腸那一段
時不時就阻塞發炎

・重慶南路
一個個低著頭專注手機
一吋吋把書香都滑走了

・中華路
找不到順興茶館了
因為詩人剛剛起身離開

・華西街
從舊約溜出來的傢伙
想不到墮落在此罪有應得

南區

・羅斯福路
寥寥落落的木棉樹

竟成了明日黃花

・新生南路
在地下室撥放的留聲機
當大家都耳聾了

北區

・福林路
昔日最最隱密的住所現在只要五十元
就可以大辣辣對它品頭論足一番

・文德路
一部詩的活字典窩在舊公寓四樓
任時光一頁一頁翻閱

《聯合報副刊》，二〇一五、十一、十六

國和家

「沒有國，哪有家？」

但是在我們的國
四周圍的疆界內
只存在藍色或者綠色
而你不知要認同哪種顏色？

然後是我們的家
有堂有室的住屋
裡頭因此也擠滿了豬
而豬都是貪吃的

腦滿腸肥的豬
自是不辨亥豕
藍或綠的選擇
居然也被逗弄出色盲

啊！世上竟有這樣的國和家

《吹鼓吹詩論壇》第十二號，二〇一一、三

熟睡的寺鐘

山腰一口銅鐘
被遠來的黃昏
無預警地敲響

鐘聲自己卻喊痛
只想快快逃離寺廟
怎奈晚禱的經懺
死死將他抱住
如緊擁一冶豔的舞孃

終於掙脫一身疲憊
有點鼠灰色的聲音

急急地被嶙峋的山阿
撞個滿懷
送回來那濕漉漉的迴響
給剛剛睡醒的上弦月
一下子擊昏

夜裡，剛剃度的小和尚
方才起身
將那一臉熟睡的鐘聲
點燃成一芯
搖曳的金色

《野薑花詩集季刊》第二一期，二〇一七、六

菸

輕重
輕重
的的
瘦厚
瘦厚
的的
綿
延
了
兩
千

公
里

那是戒不掉的
愛情

秋
載浮載沉在
吞雲吐霧中

《自由時報副刊》，一九九七、四、二九

維納斯的誕生

——我看波提切利

好訝異啊，這尊奧林匹亞的女神
卻是誕生於梅第奇華美的別墅——

來自神話的天上
一只陽具沖入洶湧的大海
渾厚的海水泡沫漂浮成天女散花

其實不是天女散花，而是從泡沫的子宮
赤裸的女神降臨於貝殼
右手輕撫酥胸
左手遮蔽神秘的私處
曲線畢露的身姿讓美麗為她綻開

連輕薄貼身的衣物都會褻瀆她的優雅

那金黃飛揚的髮絲捎來春的氣息
飄飛在一陣灑落的玫瑰花中
風神抱著花神，把偌大的扇貝吹送到岸上
身穿矢車菊衣裳的四季女神
正以菊花的紅斗篷為她披上
在陸地迎迓這愛與美的誕生
如皇后般莊嚴，如春風般和煦

遠處的蒼穹有淡淡的憂愁
那是誕生的暗影緊隨而來嗎？
完美無瑕的女神，我瞧見
她臉上未現一絲笑容

驀地，畫框微微顫動——

她步跨蛋彩的畫布
隨即飄出烏菲茲美術館
緩緩地落在我的詩上
將美麗與哀愁種植於
我粗筆勾勒的字裡行間
然後消失無蹤……

《兩岸詩》第二期，二〇一六、七

後現代填空題

——覆羅青信

羅青□□：

大作拜悉。

回給你的一封信，
簡簡單單只有□□□。
哦，真的不是商賴體，
請不要誤會我是在□□的意思，
就是□□□言簡意賅的幾行字，
沒別的意思，就只因讀完你的詩信
（唉呀，寫錯字，是你的「書」信）
（不是故意□□□），

□□□□非寫不可，
就不客氣地回你這封信。
雖然只區區十四行，
這封信我是非常□□□□，
而且一寫再寫，
寫到這裡也只好□□□□。

祝

□□□□！

PS．這封信是用標楷體打的，請主編刊出時不要改回細明體。

《兩岸詩》第二期，二〇一六、七

去看阿拉伯商展

一

這條沒有出口的李奇蒙街
青澀歲月如我跌宕的心跳
暗藏著諸般潮濕的想像
一如神父死後空屋內遺留的
一本黃色的回憶錄
把冬日的時間悄悄縮短
好讓年少的我們盡情遊蕩
而她飄盪在半掩大門的身影
冶遊在我的腦海
猶之一艘帆船破浪不出

曼根姊姊的名字是一道咒符
攫住我每天從百葉窗偷覷的視線
溫潤而含光，那棕色且修長的身軀
在偕叔母穿越的噪音匯集的市場裡
彷彿守護我的聖杯
夾雜在怪異的祈禱和讚美聲中
令我熱淚盈眶安然通過
「我如何跟她表達？」
可恨我這一把豎琴的身體
被她那絲微的言語
以手指在琴弦上撥弄

二

靜默無聲，有個落雨幽暗的黃昏

我傾聽纖細不斷的雨腳
在濕透了的大地彈奏
遠處一盞迷濛的路燈竟然顫抖起來
她終於走來與我說話
問我：「要不要去看阿拉伯商展？」
「那為何妳不能去？」我的疑惑
寫在她手腕的一只銀鐲子，轉來轉去

驀地，大門對面洩漏的燈光雕飾了
她白色頸部的曲線繼而照亮
那一綹秀髮，擱在欄杆上
那只潔白無瑕的手
（如果我去，將替妳帶樣禮物）
於是「阿拉伯」此一字眼
便穿過一生的寂靜向我呼喚
魂魄就此放縱於這泓沉寂深處

然而被這一道東方的符咒所困
會是既醜陋又乏味的孩童遊戲嗎？

三

週末早晨向叔叔提起今晚去夜市
我已經撤出同伴的街頭遊戲
時間走得像他老態龍鍾的步伐
直到九點才聽見叔叔轉動鑰匙的聲音
我的忐忑寫在他健忘的表情上
有了他給我去夜市的錢幣
正在他給叔母背誦一首
凱洛蘭諾頓感傷詩的頭幾行（註）
我快速地穿越滯留的時鐘
讓空洞的火車車廂戴著飽滿的願望

快要打烊的夜市
十點前的一刻我終於趕到
所有的攤位幾乎要將自己關進黑暗
一片靜寂宛如教堂做完禮拜後瀰漫
擺著瓷瓶與有著花樣茶具的攤位
把我的腳步留下，呃，其實是
一女兩男的輕聲談笑抓住我的耳朵
那少女從肩膀上飛過來的目光
把我不該有的臉紅撞成內傷
現在大廳的上半部完全黝黑了
「要關燈了！」有人粗暴地宣告

四

抬頭望向那片黑暗

我竟成了一頭被虛榮打趴的野獸
離開那座龐然大物
被突來的一陣冷雨濕透全身……

註：這首詩是〈阿拉伯人跟他的駿馬告別〉

後記：〈阿拉伯商展〉是愛爾蘭作家喬哀思（James Augustin Joyce）收在他《都柏林人》中的一篇少年成長小說，描寫了一位心思細膩又敏感的青春期少男對朋友姊姊的愛慕之情；初戀的滋味是那麼羞澀、令人不安，又帶點神祕感。

《吹鼓吹詩論壇》第二二號，二〇一五、九

創作詠嘆曲

只剩標點符號

——〈PS．我愛妳〉隱形詩

□：
□□□□□□
□□□□□□□□□，
□□□□□□□□□□□□□，
□□□□□□□□□。
□□□□□□□□□，
□□□□□□□□□
□□□□□□□□□□。
□□□□□□□□□□□，
□□□□□□□□□□□□□□。
□□，□□□□□□□□□□□□□
□□□□□□□□□：

□□，□□□□□□□；
□□，□□□□□□；
□□，□□□□□□□□□；
□□□□□□□□□□□、
□□□□□□□；□□……
□□□□□□□
□□□□□□□□□□。

□，□□□□□□□
□□□□□□□
□□□□□□□□□，
□□□□□□□□□□□□□□
□□□□□□□□？
□□□□□□□□□□□□□，
□□□□□□□□□□，

□□□□□□□□□□□
□□□□□□□□□；
□□□□□□□
□□□□□□，
□□□□□□。

□□□□□□□□□□□□□，
□□□□□□□□□□□，
□□□□□□□，□□□□□□□，
□□□□□□□□□。

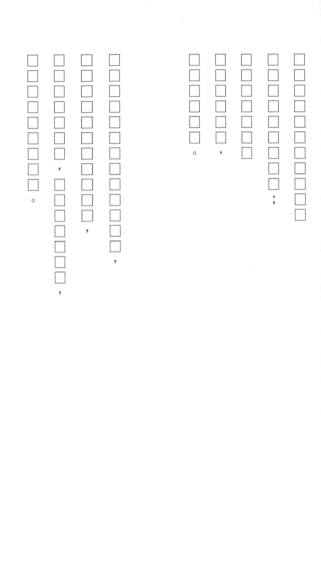

在創世紀，我想

夫妻檔始祖亞當夏娃不在家——
說是伊甸園住的是一群詩人我這麼想

年長的洛夫早年自囚於死亡之石室
他是擅長各種變化球的魔手
繁複的意象能化腐朽為神奇，我想
老二張默一雙巧手點石成金
把園區裝潢得美輪美奐，我想
年紀輕點的瘂弦自深淵開始叫喊
他甜甜的語言竟從此絕響，我想

我想還有那以散文寫詩的商禽

施以奇詭的巫術讓人瞠目結舌
更有怪異懾人不知所云的詩句
從碧果嘴巴脫口而出，我想
把葉維廉早早吐出的
莫名其妙的話語硬是給比了下去
害得他只好拿西牆補東牆
往理論一頭栽，我想

然後讓童心未泯的管管
肆無忌憚大玩他的詩遊戲，我想
氣得在旁的大荒無言以對
回過頭去歷史找他想要的東西，我想
也使得辛鬱那隻孤獨的花豹
此後卻是更加的寂寞了
我一直都這麼想啊

詩人園區在創世紀一甲子
疊起一堆堆詩刊一冊冊詩集
發光發熱，還留下空白的墓誌銘——
最終尚待史家落筆呢，我想……

《兩岸詩》第二期，二〇一六、七

給吹鼓吹詩論壇開個玩笑

有人在大庭廣眾前
偷偷賞了後現代一個拐子，
用他那提高八度
尖銳的周星馳笑聲——

哈＊哈＊哈＊哈！

然後比手畫腳
在面對觀眾的舞台上，
以 PPT 打了一個啞謎：

1．碧果的靜物畫。
2．羅青的吃西瓜的方法。

3.夏宇的連連看。
4.林燿德的世界偉人傳。
5.陳克華的車站留言。

說你選擇的答案不會是謎底，
因為後現代大師偷學宰予仍在晝寢。
而現場人士都是夜貓子，
沒有一位名叫孔老夫子。

話聲剛落。底下觀眾席突然扔出
一只張力十足的臭鞋子，很寫實地打中
那張摩登的大嘴巴！
頓時啞口無言的他，
迅即拎起吹鼓吹詩論壇
一溜煙抱頭鼠竄了——

《兩岸詩》第二期，二〇一六、七

給衛生紙寫首詩

我用衛生紙擦嘴巴
也用衛生紙揩鼻涕
擦我髒掉的近視眼鏡
以及許久未開卷的書籍

我還用衛生紙擦拭
我的汗流浹背
我氣喘如牛的呼吸
我的受傷
我的哭泣
還偷偷拿來擦拭長久以來
已成宿疾的便祕

我甚至用衛生紙擦 LED 螢幕
擦螢幕裡存檔而餿掉的文字
　　生鏽的思想
　　膠封的感性
還用它抹去發霉的記憶
把死氣沉沉的遺詞造句
也一併擦掉

最後丟給衛生紙刊出——
只有我本人會讀的詩作

《兩岸詩》第二期，二〇一六、七

我不再寫短詩了

我不再寫短詩了
這時候雨在窗外輕輕地下
下得又細又長
下在我加了糖和牛奶的伯爵裡
下在令人拗口的韓波的醉舟中
也下在帶點抽象難解的楊牧
一首玄學詩天衣無縫的曲喻上

呵　就是那個懾人的曲喻
讓我不得不歇筆再嘆
我不再寫短詩了
寫有頭無尾的短詩

寫鬆軟無力寫搏君一粲
寫只是心有靈犀神來一筆的短詩
那筆之神啊　絕非繆思的化身
繆思也不用左手寫詩

而我也不再以右手寫短詩
就讓我的左手去撈拾
在書房盪漾的漂木
創作與人生乃至信仰通通
在這一長串的時間之詩上
徘迴遲疑瞻前顧後卻又顧盼自雄
哦　我真的不再寫惱人的短詩

寫那詩人短命的詩作猶如
一杯此刻兀自散發的馥烈茶香
繚繞在天才詩人始吟得出的句子

但這些或明或暗的意象
莫不在向我一一傾訴衷腸
霎時開窗伸出雙手去默默洗雨
洗淨下得又長又細的這場雨
真的不再寫短詩了　於是
暗暗地我這麼想

《聯合報副刊》，二〇一五、一、十一

飢餓時寫的詩

暮靄時分在書房
腹肚斷斷續續唱空城計
一曲未畢，略帶雄性的火舌
趕在攤開的稿紙上
燦爛地熱炒粉散的靈感：

那間雜的塊狀辭句
是三公分光滑的雞胸肉
煎成半熟的意象醞釀於腦海
準備一一大展身手
撒上辛辣的驚嘆號幾枚！！！
接下來切蔥成段——

薑末是逗點，
蒜末是分號；
然後棲身於再度大舉來襲的意象
滲著醬汁來自我思想的嘔心瀝血
僅僅兩分鐘迅即搖身一變為
天香國色的美人

以上只是擬人法攪動了幾下
而提味的花生則出自
一粒粒精美的象徵頗可咀嚼
原來氣味的爆發不用隱喻
而是直接撲鼻的形容詞
一落筆即香氣淋漓。

以色以香以味炒出
這首宮保雞丁的詩

終於將我飢餓的靈感
狠狠地大快朵頤一番
……

《聯合報副刊》，二〇一六、七、一〇

接吻時寫的詩

於是之後……
一條小溪潺潺
總流入曲折茂密的森林，
彷彿——

我把形容詞放在名詞之後：
兔愉悅的，跳躍；
鳥輕盈的，飛翔；
魚自在的，優游；
馬飛快的，奔騰。
此時一向被忽略的名詞
軟趴趴的，竟搖身一變

成了真正的主人。

再把副詞放在動詞之後：
跳躍愉悅地，兔；
飛翔輕盈地，鳥；
優游自在地，魚；
奔騰飛快地，馬。
原來不太有力的動詞，
現在才開始運動起來
真正帶勁。

（驀地不經意發現：
逗號的停頓，
更有如許魅力！）
隨後我想起第一次

接吻，刻骨銘心；
以及後來無數次吻
那麼稀鬆平常的：
原來是詩與不詩的差別。

就像一座森林如此茂密，
當初首度被誤闖的
小溪親吻，頓時
手忙，腳亂，
新鮮無比又無以為繼……

《野薑花詩集季刊》第二三期，二〇一七、十二

盜版詩人

我偷偷偷你的句子
字斟句酌栽種到我的詩田
一行兩行三行……
雖然是移植自異域的外國品種
卻也生長得亭亭玉立
不知情的你
還以為遍地開花的是
自己膝下多子多孫

我暗暗暗槓你的意象
精挑細選植入我的語言
或單或雙或眾……

儘管是來自隔代傳承的薪火
仍舊融合得完美無瑕
不以為忤的你
只在乎自身壯大的門派
扈從著一批徒子徒孫

我冉冉染指你的思想
小心翼翼輸進我的血液
一針兩針三針……
即便是我先天有些營養不足
從此不再三不五時貧血
不明究裡的你
老是一派瀟灑自若的模樣
引以為自己的知音

是的，我的確是你少有的

詩的知音
才懂得如何乾坤大挪移
以竊取你的寶藏
搭建我詩的城堡

《笠詩刊》第三一九期，二〇一七、六

主義協奏曲

象徵主義素描

一場黃昏後的濃霧
聚攏復消散
詩人們緊緊依偎在破落的
貴族宮殿交談
雨聲細細紛紛
環繞在不熱情也不發狂
燭火的搖曳裡
零畸落侶的人們
躲到咖啡館迴避霓虹的光彩
蜷縮在酒店飲馥烈的白蘭地
一點頹廢構成美麗的安那其
蒼白的夜景薰染詩人的影子朦朧神秘

夜的盡頭天上星星三兩顆
以閃爍不停的語言暗示
路的遠程雲深風重
樂音三五成群流向街畔的塞納河
琤琤琮琮盪漾飄瀉
波特萊爾演奏他的交響曲：
「是有些薰香，如嬰兒肉肌般新鮮，
如草地般青翠，如木笛般清轉——
而又有些，是腐朽的、濃郁的、雄壯的」

掀開烟袋的馬拉美
多麼不合邏輯的自由
只有情調不要色彩
倒有些微憂鬱的感傷
滲出霧的濛濛來
狂醉的香檳樣夢境

擬吟韓波的口吻說：
「不要說出我潛在的誕生」
即使濃霧背後睡的是
雨果情人的一雙秀腿

濃霧散後
有的人在禮拜星空
有的人在歡迎黎明
有的人向教堂皈依
尚有少數人在森林中
繼續未竟的流浪……

《漢廣詩刊》第六期，一九八三、一

超現實主義者

——致布勒東

那女人水汪汪的乳房
狠狠咬了我鼠蹊部一口
嘴角的不隨意肌驀地
打出兩個超大的漩渦
晨起沖泡的牛奶從中流淌了下來
陳三鼎的青蛙撞奶竟在百葉窗前
吸吮婦女嘮嘮叨叨的話語
一不小心踩著散落滿地的鉛字盤
導致一本六〇年代的詩集
無法如期被付梓出版
鐘聲敲了二十一響
在夜晚的塔樓底下我

深深吻了那女郎
多曼妙的一吻將下弦月刮傷一痕
回頭乍見這偌大的夢裡被捅破一個洞
便把隨身慣用的那支鋼筆自洞口拋出

《創世紀詩雜誌》第一八一期，二〇一四、十二

未來主義者

——致馬里內蒂

馬里內蒂在都市叢林中
踏！踏！踏！踏！ 不騎馬……

他以取自電子文明的
Presto ＋ Piuopresto
↓咻↓咻↓咻↓咻↓
寶馬奔馳
越過子彈列車
向未知的方向飛射射射——→

《創世紀詩雜誌》第一八一期，二〇一四、十二

致意象主義詩人

・之一　給龐德

打字機敲響
中國味的俳句
閃閃發著銀光

一屋子古意盎然
以貓的踮腳
細碎的小步凝結成霜

・之二　給羅葳爾

不小心來到了妳的中年
有一幅不可辨認的拼圖
褪色的痕跡
掛在黯淡的臉龐
逐漸顯影

教堂的鐘聲是象牙白的

・之三　給阿丁頓

為心底哼唱的一首歌
找一個名字
十月落在山毛櫸泛黃的葉脈上

你把那吻
吻成銀色

要秋天不要再等待

・之四　給弗萊契

夜霧穿透黯淡的黃昏
給晚鐘敲響了
墨色的迴音

《創世紀詩雜誌》第一七九期，二〇一四、六

意象派

——致龐德

車水馬龍的街道無邊落木蕭蕭下
公車上不分男女老少都撐起一把溼透的黑雨傘

女性主義者

一隻受過傷的野貓
換成女性主義國籍的她
利刃的瞳眸穿透
馬克思先生的朱幕
吸吮著第二性的乳水
街衢上高分貝來回穿梭

染著血色微涼的黃昏
兒子遠離的蹣跚步伐
在眼瞳裡迅速踩出
一泓結冰的湖水
宛若一道無法跨越的圍牆

她失去繁花似錦的春天
拉下夜幕
是那雙攀爬另座乳峰
醜陋的手

夜幕拉下
相濡以沫的愛情
日以繼夜
嫻熟於黑暗中啃噬
浪的情慾
偷偷地洩漏於陽剛的
筆尖

終於白天打開門
讓陽光簌簌地射入
臥室打翻的墨水瓶

在白紙上泛散為斗大的
一個洞染黑了案頭上
民法第一〇八九條

陽光被遮蔽的一隅
半凋萎的玫瑰盆栽邊
也是慵懶貓族的她
每天只吃一餐
主食是寂寞
副食是空虛還有
略帶涼意的
眼淚

《中央日報副刊》，一九九八、十一、十九

後現代主義者

——致羅青

回給你的一封信
簡簡單單只有十四行
哦，真的不是商賴體
請不要誤會我是在寫詩的意思
就是扼要明瞭言簡意賅的幾行字
沒別的意思就只因讀完你的詩信
（唉呀，寫錯字，是你的「書」信）
（不是故意寫錯字）
頗有感慨非寫不可
就不客氣地回你這封信
雖然只區區十四行
這封信我是非常認真地寫

而且一寫再寫
寫到這裡也只好寫到這裡

祝
一切如意

ＰＳ.敬祝語不算在文本裡面的十四行內，所以這封信真的只寫了十四行，在此特予說明。

我的音樂盒

作　　者／孟樊
出 版 者／揚智文化事業股份有限公司
發 行 人／葉忠賢
總 編 輯／閻富萍
美術設計／陳韋蓁
地　　址／新北市深坑區北深路三段 260 號 8 樓
電　　話／(02)8662-6826
傳　　真／(02)2664-7633
網　　址／http://www.ycrc.com.tw
E-mail／service@ycrc.com.tw
ISBN／978-986-298-278-5
初版一刷／2018 年 1 月
定　　價／新台幣 300 元

國家圖書館出版品預行編目資料

我的音樂盒 / 孟樊作. -- 初版. -- 新北市 :
揚智文化, 2018.01
面；　公分

ISBN　978-986-298-278-5（平裝）

851.486　　　　106021273